FASHION
QUEEN

時尚女王

陳零 著

自序

寫作是一件內省的事，可以探視內在，喚醒自我，
在詭譎多變，動盪不安的世代，尋找自己的內心變得迫切需要。
在繁華喧囂，五光十色的氛圍變幻中，
在快速進步，快速改變，快速輪替，
一切的存在彷彿都是過眼雲煙，
都可能被快速取代，快速更換，
尤其是快時尚的時代中，
如果沒有補捉住時尚，在時尚潮流裡站有一席之地，
很可能就被時尚所淘汰，所摒棄；
而奮勇在時尚洪流巨浪裡翻滾搏鬥，

不怕被淹沒吞噬而滅頂失去自我，失去真正的價值，
那時尚真正的價值又是什麼呢？

時尚是一種態度，一種習慣，更是一種樂趣。

時尚造就風格，風格表現了妳自己，不需要多作說明。
Fashion creates style, style is a way to say who you are , without having to speak.

——Rachal Zoe

——瑞秋周

好萊塢首席造型師
現為美國名服裝設計師

時尚是流行，是趨勢，是美學，是賞心悅目，也是一種建議參考，
要選擇適合自己的個性，氣質和環境而表現，
要呈現個人優勢特色，塑造自我的風格。

享受時尚時是愉快自在，輕鬆自然的，
如同﹁人穿衣﹂是享受衣服賦予的風格和新趣，
而不是照單全收，來者不拒，
若被時尚駕馭控制，覺得綁手綁腳，
有負擔或承受特別的眼光，那就是﹁衣穿人﹂了，
如果相同的衣飾，人人一樣，像工廠作出來的娃娃滿街遊走，那就失去時尚的意義和樂趣了。

時尚是一種觀念，是創造，是一種前進的動能，更是調色劑，
增添舉手投足間的自信，點綴平凡生活裡的瑰麗，
改變枯燥，一成不變的周而復始。
舉個例子：每天早晨起床，鏡中人一張睡眼惺忪，槁木死灰的臉，
這時如果看到將穿戴設計剪裁款式新穎，
最能帶給自己好心情的衣飾佩件，
或是鏡前容光煥發，煥然一新的身影，

是否能立刻將憂鬱星期一（blue Monday）轉變成美麗的星期五呢？

也許可以這麼說，時尚是屬於金字塔頂端的王公貴族，富豪名媛的奢華，
而風格是上自富豪貴族到平民百姓，人人都可創造，獨享的美麗權力。
時尚也許是欲望城市的迷思，
身處名店街中，光采耀眼的精品令人流連忘返，愛不釋手，
人人走在潮流的前端，追求潮流也被潮流追趕，
享受的同時也不免承受擔心害怕跟不上潮流，落伍過時的壓力。
而風格是依個人喜好，
在時尚洪潮中擷取展現自我優點的精華，
這種獨特的魅力是無法取代模仿和輕易被淘汰的。
如果能在時尚巨不可擋的時代浪潮中，清楚的明辨時尚對自己的意義和價值，
究竟是欣賞，需要，還是欲望世界的迷失，
那享受時尚與塑造風格並行並存，相依相連，就能帶來真正的快樂。

時尚是品味，是生活，是一種選擇，一種追尋，也是一種堅持，
在林林總總，動輒三四百頁巨型篇幅的作品環繞中，
本書將時尚的感受和認知融入真實故事，
精緻完整地呈現了主人翁獨特的生命歷程，和對時尚人生的探尋追求，
她清楚自己嚮往的生活，熱愛時尚卻不沉淪，
明辨堅持和墜落，穩健果敢地朝夢想邁進。
時尚女王的故事仍在延續，
包括終於敞開心扉，勇敢地接納了年輕男子的感情，
結局不如想像，但過程卻令人回味良久，
在這段重新走過青春的年下之戀中，彷彿又活出自我，活得自在，
寫下一段真實且善而美的際遇。
無論世事變遷，物換人非，
時尚女王仍堅守夢想的城堡，過想要過的生活，
珍愛自己，讓自己開心，感染別人，
走自己的路，作自己生命的主人。

時尚女王

緹雅生長在一個幸福的家庭，
父親是職業軍人，
性格忠實，為人誠懇，
在軍中擔任重要的職務，
工作非常繁忙，
但每天按時下班回家吃晚飯，
不抽菸喝酒也不打牌，
和妻兒團聚也卸下了一天的疲憊。

母親溫柔賢淑，
柔弱的身體做家庭代工貼補家用，
和照顧五個孩子生活起居，
非常辛苦。
母親雙手靈巧，

會製作新衣，修改衣服，
改短放長，脫線收邊，
縫裡布，裝拉鍊，
都難不倒她。
附近鄰居太太都是母親的客戶，
對她的手藝和平價的收費非常滿意。
大哥身體比較弱，
從小常常感冒發燒四十度，
病毒侵犯腎臟引發腎臟病血尿住院，
整整一個月，
母親每天往返醫院照顧孩子直到穩定出院。
帶著大哥返校時特別告知老師，
醫生交代不可劇烈運動勞累，
請準免除升旗典禮和體育課。
還帶著大哥遍訪名醫，

有一次在大雨中出門，
回來時大哥穿著雨衣，並沒有淋濕，
而母親撐的傘早已軟癱如泥，全身溼透，
緹雅為母親擦去頭髮上的水痕，
母親輕聲說沒關係，
緹雅眼睛裡也泛起水霧。

大哥學校畢業後工作一段時間，
開始出現尿毒的情況，
原來是母親家族有腎衰竭的遺傳，
大哥才二十幾歲就發病，
每個禮拜要去醫院洗腎，
母親瘦弱的身子總是陪著大哥，無論晴雨，
好像還是當年那個七歲初犯病的孩子，

對他的慈愛呵護沒有改變。

二姊高商畢業認識了男朋友，
男友是個實在可靠的人，
婚後兩人經營小餐館，
先生燒得一手好菜，擅長煲湯，
二姊會計兼外場，
生意蒸蒸日上，
店裡的氣氛沸沸揚揚，
兩人忙得不亦樂乎。
緹雅放假若是有空，
會去店裡幫忙，
看姊姊姊夫兩人感情和工作都密切地連在一起，
為姊姊的幸福而高興。

緹雅四歲之前的印象是很模糊的，
從有記憶起就是和妹妹睡上下鋪，
每天晚上關燈後，
睡在下鋪的妹妹就是最能談心的人。
——提琴課好玩嗎？
妹妹喜歡畫畫，對姐姐學小提琴很好奇。
——嗯。
緹雅喜歡音樂，
喜歡小提琴的悠揚聲音，
陪伴著她悠然神往，輕飄飄地，
寫功課時聆聽也會靜下心來。
——可是……，
緹雅的聲音有些遲疑，

——我只是喜歡聽，
讓音樂充滿內心，
有一種滿足愉快的感覺。
——哦——，就好像我喜歡塗鴉，
但是畫的並不是非常好，是嗎？
妹妹的聰慧直接說中她的難處，
緹雅心裡有一絲絲失落。

自從學提琴以來，
緹雅上課很認真，
下課後還留在班上繼續練習，
直到看到下課趕過來的大哥站在教室外面，
才依依不捨地放下提琴，跟著大哥離去。
父親的一份薪水，

母親幫人車衣服賺的微薄工資，
要負擔大哥的醫藥費和五個兄弟姊妹的生活費已經很吃力，
她實在不忍心讓母親再為她的學費操心，
更捨不得浪費寶貴的金錢。
——我還是不學了。
她知道自己的音樂天賦僅止於欣賞，
喜歡美好的聲音駐留在心裡這就夠了。
妹妹同意的語氣帶著幾分惋惜，
但更堅定了緹雅珍惜時間，
把握時間的意志，
去做更有意義，
更值得做的事。

從小看母親為人做衣服，修改衣服，

客廳裡從早到晚迴盪著縫紉機轉動的聲音，
緹雅小學五年級一天放學回來，
母親將客人訂製的衣服剩餘的布裁剪了一件洋裝，
眼前這件粉紅色像洋娃娃的衣服，
讓緹雅張大了眼睛：
——是給我的嗎？那姊姊和妹妹呢？
——剩下的布不夠上國中的姊姊身高，下次再做妹妹的。
母親疲憊的臉龐平靜而柔和，
緹雅心裡溢滿溫暖，
拚命壓抑快要滿出來的驚喜，
妹妹微笑要緹雅趕快穿上，
讓自己好欣賞姊姊俏麗的模樣，
分享她的喜悅。

永遠記得那第一件新衣是來得多麼不容易，
母親幫人修改衣服多，
偶爾才有訂製衣服的機會，
剩餘的布會作成小布包給三姐妹用，
或是作成端午節的香包掛在身上。
能夠作一件連身裙穿在緹雅身上，
顏色是如此地粉嫩，
襯著緹雅兩頰緋紅的臉，
這是一貫繼承姊姊的衣服，
難得過年也是兄弟姊妹輪流添新衣的家庭成長的緹雅，
作夢也不敢想像的奢華啊！

這一件「新衣」一直保存在緹雅的衣櫥裡，
夢幻的色澤早已淡去，

但第一眼看到時的驚喜和第一次擁有的激動，
久久在心裡迴響。
這綿綿的親情像蔓延的藤葉一圈圈將她圍繞，
包裹住密密實實地，
無論遭遇任何困難她都不會害怕，
因為上天的恩賜讓緹雅感謝一切。
母親看著緹雅穿上新衣，
笑得燦爛，欣慰地摸著她的頭，
讓她確切體會這一件新衣是一個開端，
是她的人生路上第一個寶石，
是親情賦予的美好啟發激勵了她，
要堅強獨立去創造自己的未來。

大哥身體不好，

除了上班都在家休養，
姊姊店裡生意忙，
只能在過年回家來看望父母，
家中的事就落在漸漸長大的緹雅身上，
課餘到姊姊店裡幫忙外還要分擔家事，照料弟妹，
妹妹體恤姊姊，
也幫著照顧小弟。
妹妹成積好，
可以考上公立高中，
她想早點就業，
減輕家裡負擔，
她選擇了公立商專就讀，
母親不捨妹妹，
讓就讀私立高中的緹雅心疼不已。
——妳不是喜歡唸設計嗎？

緹雅握著妹妹的手，眉間現出愁容。
——唸商好找工作啊。
——如果不是因為我……，
——我們是最親的人，我們都愛這個家，不是嗎？
母親環住姊妹倆，
緹雅撫著妹妹的頭，
內心充滿感動，
這份濃厚的親情讓她產生了無比的能量與勇氣，
讓她無所畏懼的邁向前方的道路。

緹雅高中和同班同學產生了一絲絲情愫，
初綻的花蕾純白無瑕，
倆人一起唸書，
互相加油打氣。

考上夜大的緹雅和保送體育系的男友，
感情隱約又青澀，
月光輕灑或細雨霏霏的晚上，
總見到練完球的他在校門口接緹雅一起回家。

緹雅大一在速食店打工，
煎漢堡肉時曾被燙傷，
但時薪高又可彈性安排班次，
和同事相處融洽，仍然勝任愉快。
晚上上課時有些疲累，
但只要想到可以自給自足，
不需家裡負擔學費和生活開銷，
就立刻打起精神聽講，
堅持面對枯燥無趣的課業。

熬了一學期，
緹雅知道這個科系不適合自己，
無法發揮所長，
她決定休學重考，
重拾才放下不久的高中課業，
生活重新安排，
白天補習，下課打工，
假日盡可能不排班，
利用補習班開放的溫書教室確實地複習功課。
第一次到溫書教室，
緹雅在平日上課的座位坐了下來，
旁邊的陌生臉孔看著她：
——同學，這是妳的座位嗎？
緹雅疑惑地望著他，點點頭。
——溫書假的座位表在公佈欄喔！

男生無奈眨眨眼，
緹雅淺笑化解了尷尬，
挪到正確的座位後，
回頭看到一個臉龐斯文，
略顯削瘦的身影，
坐在自己剛才坐錯的位置和身旁的同學輕聲交談，
提醒緹雅查看布告欄的男生笑了兩聲，
斯文的男生不露表情，靜靜看書，
流露淡淡的傲氣，
不禁吸引了緹雅的注意。
過了一個禮拜，
星期六早上緹雅剛進教室，
斯文男的同學攔住她：
——中午想去速食店嗎？有人想請妳。
善意的笑容令她不好拒絕。

休息時間，
她好奇地望向那安靜的面容，
依然低頭專心眼前的書本，
好像身旁的喧譁都無法影響他，
斯文男的沉靜和男友籃球男的活潑是兩種典型，
對緹雅來說都像是驚喜，
讓人願意接近，
揭開那層青春的面紗。

速食店的門口，
斯文男旁的好兄弟笑嘻嘻地，
斯文男仍然靜靜的，看著緹雅走近，
三人點了餐坐下來，
——那天妳坐了我的位子。

清秀的面孔嵌著個性的嘴唇，
輕輕地發出磁性的聲音。
——是啊，我不知道文理組合併在一個教室。
緹雅不好意思地笑出來，
斯文男露出輕鬆的表情，
這是緹雅第一次看到帶有幾分傲氣的他卸下防衛，
緹雅也跟著放鬆起來。
——我的名字很簡單。
——真的簡單好記呢，緹雅笑著交換自己的名字。
人文的高中成績不錯，
聯考結果卻不理想，
與他優良家世背景的期許有一段距離，
唸理組的他自我要求也高，
除了唸醫學院為第一志願，
也同時提醒緹雅語言的重要，

必要時學習各種語言，
才能規劃更好的未來。
這和緹雅原本喜歡英文，
準備有機會補習英文和法文的想法吻合，
對人文的進取心感到佩服，
能認識這樣優秀的朋友覺得很榮幸。

童年的美好回憶是緹雅的精神支柱，
每當心裡鬱悶時，
她總會上街走走，
繽紛的櫥窗擺飾彷彿能化解煩憂，
巧思的衣飾設計打開了欣賞的視野，
一波波襲來衣裳跳躍的身影，
街景也亮麗了起來，

時尚的美妙滋潤緹雅的心田，
從心深處開出一朵朵自然飛揚的小花。
聚會時，緹雅會分享時尚資訊的心得，
籃球男總是默默的聆聽，
不會發表意見，
對平日總是恤衫牛仔褲的他來說是新奇有趣的。
畢竟女孩的世界是男孩無法想像的多姿多采，
而在這花花世界裡的女孩勇於冒險探索，
去尋找自信，獨有，
只為自己美麗，
綻放屬於自我的花，
可能跌跌撞撞，可能跌落谷底，
可能破涕為笑，欣喜收成，
這是成長的歷程，
也是每個女孩蛻變的代價。

而人文的個性和籃球男截然不同，
他總是叮嚀督促緹雅要努力認真唸書，
課業以外的雜事都只是浪費時間，
是不值得的事。
人文家境優渥，
從來衣食無缺，
不需打工，
不需擔心所有費用，
他的人生唯一要做的事就是考上醫學院，
也許根本也沒有煩惱，
又如何能體會和他有著天壤之別生活的她，
從小最奢侈的願望，
只是能有一件姊姊或是別人沒有穿過的，

自始至終，完完整整屬於自己的新衣呢？
人文希望緹雅為聯考全力以赴，
沉迷物質享受只會迷失自己，
讓自己被欲望控制，成為物質的奴隸。
緹雅心裡知道，
現在並沒有能力去得到什麼，
去追逐什麼，
但很清楚自己嚮往的未來是如何的一種風景，
而嚮往是理想，是付出，
是可以實現，可以獲得回報的，
緹雅只想在這條漫長艱辛的道路上，
以欣賞兩旁美麗風景的心情，
不奢求得到，也不阻攔停止欣賞；
等待那一天的來臨，
她將以平靜的心，

寬敞的懷抱接獲欣慰的果實，
那怕是些許點滴，她都心悅誠服。

聯考放榜，
人文和緹雅雙雙榜上有名，
兩人都如願以償唸了第一志願，
人文歡喜地提議，
想帶緹雅回家正式介紹給家人認識。
人文聊了許多家裡的情形，
尤其是父母親的嚴肅和權威，
緹雅心裡高興在人文心中的位置，
又難免不安，
彷彿已經知道未來的結局，
仍然是平靜的接受這個安排。

從踏進家門的那一刻起，
迎來世故審視的眼光，
到應對雙親凝重犀利的問話，
緹雅只是暗自惋惜，
人文出身這樣的家庭造就了優秀上進，
自我要求的性格，
她感到幸運能認識他，
心裡已經決定讓這段感情淡淡地，
順其自然，
就是對人文最好的回報。

再次回到大一新鮮人的行列，
在補習班擔任導師的工作，
早晚點名，

收集作業，
發布考試名次……等很多行政工作，
對唸公共關係的緹雅來說，
一段時日就駕輕就熟，游刃有餘，
深得班主任的重視。
大三時緹雅進入飯店工作，
應對進退，待人接物，
人際之間禮儀和處理事情的方法，
都是磨練成長的機會。
大學畢業時，
緹雅已具備豐富的工作經驗和成熟的人格特質，
在進入社會真槍實彈的都市叢林中，
她選擇了前景看好的新興行業
——人力資源公司一展抱負。

妹妹商專畢業，
很快找到工作的她，
手中拿著薪水袋站在母親面前，
母親婉拒了妹妹的好意，
略顯蒼老的面容慈祥而堅定。
緹雅從提袋裡拿出了一件洋裝遞給母親，
母親的雙眼閃著朦朧的光，
靜靜地凝視衣裳，
輕輕撫摸這觸感柔細淡紫色的禮物，
幼時在旁看著緹雅歡喜地穿新洋裝，
那份欣慰的喜悅如今寧靜地呈現在緹雅臉上，
母親有些皺褶的眼角微笑而垂下來，
緹雅抱住母親，
妹妹眼眶也溼潤了起來，

母女三人共渡了一個溫馨的夜晚。

緹雅和妹妹學業完成，
都找到了適合的工作，
眼看著這個家的兩位功臣——父親可早些退休，
母親埋首布料，針線，剪刀裡，
髮蒼蒼視茫茫的日子即將結束。
但年過半百的母親終究逃不過家族的遺傳，
承襲了腎臟功能漸漸衰退的病變，
還需要照顧越漸衰弱的大哥，
接著母親也需要陪伴就醫洗腎，
這一切的考驗都讓緹雅坦然面對命運，
不能輕易低頭。

母親撫著姊妹倆的手，
讓倆人放寬心，
不要擔心家裡開支，
將薪水存起來，
家裡無法為女兒準備嫁妝，委屈妳們了。
母親從小叮嚀的話，
一切要靠自己努力，
靠自己最實在，
這些話緹雅從未忘記，
也是父母送給兒女最珍貴的財產。
她感到很驕傲，
自己一直遵循著家訓，
認真地白天工作，晚上上課，
完成了大學學業，

同時累積了工作經驗和一筆積蓄，
這是自小生長在優渥環境中的人所無法獲得的財富，
白天工作遭遇困難，
晚上課堂間難免會疲累，
緹雅不以為苦，
因為如此才能讓自己越來越堅強，
可以迎接更大的挑戰。

因為擁有了寶貴的工作經驗和良好的人際關係，
緹雅的社會新鮮人作得不慌忙不害怕，
可以擔任更高的職位，
學習到更多待人處事的道理。
同事的相處也很重要，
互相幫忙也互相較勁，

希望建立良好的情誼也需要顧及利害衝突，
同事間如果關係緊張，
工作無法推動，
關係良好，
又有人情的壓力，
緹雅在做事的同時還要管理員工，
讓每一個人的優點充分發揮出來，
帶給大家利益，
這是磨練自己也是訓練別人的機會。

平常工作壓力大的時候，
緹雅最能放鬆的事，
就是聽聽音樂，
和看最新的時尚雜誌，

不論是居家設計，擺飾藝術或衣飾佩件，
這些純淨或絢爛的色彩，
優雅的線條和各種型態的美，
都可以讓她緊繃的情緒放鬆，
心情得到紓解。
小時候母親的縫紉機旁唯一的一本服裝雜誌，
緹雅不知道已翻過多少遍，
封面日本模特兒的臉孔和身上的服裝早已斑駁不清，
書頁角落捲起，
書頁中摺痕纍纍，
上面原子筆的筆跡也不易辨識了，
母親就是靠著這僅有的唯一，
賺取微薄的收入支撐著這個家走過酷暑，走過寒冬，
走過年華飛逝，走過青春不再。

緹雅覺得自己很幸運，
很早就懂得獨立，
懂得將自己準備好，
只有這樣才能掙脫母親那個時代的命運，
才可以享受擁有的權利：
訂閱精緻的雜誌，
吸收時尚的訊息，
瀏覽華麗的櫥窗，
偶爾買件昂貴質感的衣服，家飾或物品犒賞自己。
這所有的一切都是以往只能遠遠看著櫥窗，
或是低頭快速走過去，
連看的勇氣都沒有的她遙不可及的夢，
如今她還擁有一個更大的理想，
在多年的歷練後，

終於為自己也為這個家寫下一些什麼。

下班前緹雅接到了人文的邀約，
兩人一段時間沒見了，
雖然還是不時地受到他的問候，
但緹雅始終不想阻礙人文的幸福，
在心裡總是默默祝福他。
人文仍是一如以往，
像朋友，像哥哥，像親近的家人，
不厭其煩流露的關心，
還是隱隱約約牽動她平靜的情緒，
海風吹拂著緹雅的頭髮，
人文只是凝視她飄散髮絲的臉龐，欲言又止。
——怎麼不和我聯絡？

內斂的人文說出這樣的話語，
緹雅知道背後的含意。
——你好嗎？
他望著一捲捲翻騰的浪飛起落下，並沒有回答。
父母親為人文安排了結婚對象，
雙方家世相當匹配，
學商的女兒有良好的工作發展自我，
如在家相夫教子，
作醫生娘也是相得益彰，
況且對方準備赴美的計畫已久，萬事俱備，
只欠人文的點頭答覆了。
人文慢慢地說完這段，
緹雅心裡微微勾起的情緒輕輕地放下，
終於走到這一段分岔路，
從今爾後就是兩個世界的入口，各通往自己的方向，

緹雅無力挽回什麼，人文更無能改變什麼，
夜漸漸深了，
浪潮的聲音迴盪在兩人間，
那麼清晰深刻又如此無言。
緹雅開著車在一幢新落成的大廈前停下，
陸續下車的臉孔紛紛流露驚喜的眼神，
笑容滿面的接待小姐迎了過來，
緹雅攙著母親走進一樓大廳，
米白的底色鑲嵌琥珀色的設計，
高雅自然，
母親微笑表示讚賞，
父親也欣然同意。
緹雅已經來看過很多次，
慎重地簽約付款，
這是第一次有能力為這個家作些什麼，

雖然僅僅是兩房兩廳小小的家，
但是能讓父母和大哥同住電梯新房，
自己和弟妹陪伴著老屋，
緹雅已心滿意足。

年近三十的緹雅，
人生中第一次擁有自己的房間，
不需要將下鋪讓給妹妹而爬上爬下，
不需要再和妹妹共用一個簡單的塑膠衣櫥，
共用一張書桌。
緹雅蘊藏了點點滴滴累積的時尚素養，
對風格的塑造和品味的要求，
終於完成了改造的工程，
從房間的顏色，

衣櫥的設製，
到燈光的投射，
打造了夢想的城堡
——僅僅是一間並不十分寬敞的房間，
緹雅只添了一張新床，書桌和化妝枱。
緹雅心裡滿滿的幸福感，
如同幼年穿上第一件完全屬於自己，
那種獨享的新衣的滿足，
那種第一次的喜悅像一份軟暱的甜點，
像一匙奶蜜的冰淇淋，
也像一杯香濃的咖啡，
在舌尖，在喉間化開了蜜稠的滋味；
更像一幅畫，一曲音樂，一首動人的詩篇，
迴轉繚繞，
緩緩地，深深地烙印心靈，

久久無法忘懷。

人文的用心，
緹雅從來都放在心上，
一路走來，
她一直懂得珍惜那自幼微少的幸福，
那微少的幸福是心靈的支撐，
是心願的發源，
是想像的翅膀，
也是夢想的推手。
那更是甘露，是溫泉，
潤澤她平凡的日子，
像一坏豐饒的土滋養著微小的生命，
點燃了陰暗中的盼望。

但從不曾忘記人文的善意，
他生於富貴，
卻有堅定的意志和目標，
鼓舞了緹雅認真生活，
為家人為自己，
改善往更好的方向前去。
不縱容自己沉溺於追逐物欲，
保持一個單純清明的心，
緹雅會鼓勵自己享受辛苦工作換得的報酬
——欣賞的衣飾，物品，
適度的享受獲得是出於自己的努力，
和別人賦予的獲得是絕然不同的。

當初親自面試緹雅進公司的董事長，

一直有心栽培提拔她，
從訓練琢磨她的業務能力，
到如今升上業務經理，
對緹雅的照顧已超過上司對員工的付出，
這一路走來緹雅非常感謝，
將這份恩情化為努力工作來回報。
因為她無法拋下青梅竹馬的男友
——從高一就相伴的戀人，
即使董事長的條件優秀，
用心呵護不遺餘力，
她婉拒了這份情意，
仍然選擇了籃球員的男友完成終生大事。
母親瘦弱的身子在婚禮中危危顫顫，
父親牽起緹雅的手，
在母親的含笑注視中託付給新郎，

這是醫院發出病危通知後，
渡過難關出院返家的母親此生最大的安慰。

就在緹雅展開人生的新頁，
同時也是母親頻繁進出醫院的開始，
每次接到醫院發出病危通知，
緹雅總是奔波於辦公室和家庭間，
新婚生活的喜悅還來不及體會，
就必須承受更巨大艱難的考驗。
愛情長跑十數年的戀人，
竟在結婚三個月後彼此相對無語，
緹雅回憶以前每天和練完球的他一起回家，
兩人默默相依，
言語彷彿多餘，

兩人已擁有對方的全部，
開朗的籃球男總是欣賞緹雅的見解和想法，
雖然他的話不多，
但總能帶給緹雅依靠，
如今母親的病況危急，
正需要身旁的他的安慰，
卻得不到任何回應。

婚後半年，
籃球男開始和朋友合夥作生意，
緹雅總是等不到他的歸來，
從母親送醫院急診處趕回家，
開第一盞燈的永遠是自己，
在病床前落下的淚水，

是對母親不捨的心疼，
也為自己無所依而黯然神傷。
母親已卸下重擔，
沉沉的安睡，
此刻是最舒適的時候，
緹雅只希望母親最後的旅程不再有牽掛，
兒女都已長大，
無論人生路上遭遇阻礙挫折，
母親的堅強已教誨了方向，
緹雅再看一看母親安詳的面容，
輕輕帶上門，
開著車在大雨滂沱中，
抹去了淚水，
她想要看的更清楚那一條是回家的路。

母親人生的最後，
兩鬢飛霜的父親，
只是默默的守著那越形單薄的身軀，
握著那枯竭的手，
專注看著一生相伴的母親。
母親迷濛醒來時會微微的笑，
像踩著縫紉機時臉上淡淡的笑，
像照顧五個孩子穿衣吃飯時慈愛的笑，
像叮嚀上學物品帶齊了沒時溫暖的笑，
像檢查考卷和看成績單時慈祥的笑，
傳統婦女的溫柔嫻淑就是一幅母親的畫像。
凝望著這幅畫，
總讓緹雅回憶起四歲以前那似有若無的影像，
母親在孤兒院的紅色大門口牽著緹雅，

大哥和姊姊跟在身旁，
修女微胖的身子靠近緹雅，
摸她的頭，
點頭和母親道謝，
含笑看著母親帶三個孩子離開。

大哥剛開始洗腎時，
回到母親的戶籍地，
申請貧戶清寒補助，
登記地址是高雄市的一戶富裕人家，
寬大的庭院花木扶疏，
襯著深色的大門氣派高貴。
彷彿看見了年輕軒昂的父親，
穿越綠茵草秤，

在挑高的大廳等待嬌美的千金小姐，
母親羞怯的臉映著純潔的白紗，
平凡家庭出身的父親牽起母親的手走過紅毯，
眼裡寫盡愛意的父親願以一生相守，回報摯愛。
父親短暫的生命僅僅三十年，
家族遺傳腎衰竭的魔咒還是降臨在父親身上，
千金小姐出身的母親個性嬌弱，
無法養育三個稚齡的孩子，
那年緹雅只有兩歲，
母親將兄妹三人帶到孤兒院門口，
交給了院長，
而後再婚去追求新的人生。
母親不忍讓大哥的骨肉流落在外，
將大哥的三個孩子
——哥哥，姊姊和緹雅，

從孤兒院領養回家，
姑姑代替母職撫育三兄妹，
再添了一雙兒女，
就是緹雅的弟妹。
緹雅十歲時母親說出了這個故事，
已上高中的大哥和姊姊只是默默的聽著，
臉上沒有表情，
緹雅小小的心靈並沒有受到衝擊，
也從未想過要見親生母親，
更沒有任何怨恨，
因為姑父就是父親，
姑姑就是母親，
表弟妹就是親弟妹，
這一個家庭永遠都不會改變。
緹雅凝視著母親最後的面容，

腦海裡都是溫暖的片段，
層層疊疊湧現，
蘊含了感動的恩惠，
她從不認為曾失去什麼，
自己和別人有什麼不同，
母親如大海般的愛，
寬闊的懷抱，
包涵容納了一切，
始終如一的堅守著這個家，
讓緹雅沐浴在愛中，
體會了愛，懂得了愛，願付出愛，
更能回饋別人的愛。

在家人的圍繞陪伴中，

母親放下了煩憂辛勞，
安詳的離開，
緹雅回到了家，
一個人靜靜地等候，
等待一種結果，
也是一種有意的安排。
她從不相信命運，
上天已給了她許多，
給了她完整的家，
給了她慈愛的父母，
給了她兄弟姊妹，
給了她堅毅的性格，
也給她獨立自主的能力，
聰敏的頭腦和冷靜的智慧，
這一切緹雅感謝上天的恩賜，

讓她無憂無懼面臨一切的改變。
鑰匙開門聲落下，
門把轉動時緹雅深吸了一口氣，坐定，
門後那張曾熟悉的臉孔疲憊而平靜。

——還好嗎？
籃球男點點頭，
頹然坐在對面，
拿出來在緹雅心中思索很久卻不困擾，
不意外見到的那份文件，
簽完自己的名字最後一個字，
緹雅看了一眼這曾經的最初，
那婉拒了柔情的人文而忠於的初心，
那走過的青春，

沒有遺憾責備，
不曾埋怨，
只是感謝這一段歲月所凝聚的養分，
如今都飽滿地累積成緹雅的現在。
輕輕說了聲謝謝，
籃球男低頭轉身走出了緹雅的視線，
就像人文必須走向自己的方向，
籃球男沒有回頭，
人文也不能留戀，
每個人在時間的潮水裡順著潮流向前，
流往該去的方向，
也許灑脫，或許失落，
潮起潮滅，聚散總有盡時，
緹雅的生父母，
撫養長大的母親，

大哥，籃球男和人文都一一離去，
緹雅只能輕輕地擦拭淚水，
整理自己略顯凌亂的羽翅，
因為還有很多的安排迎接著她。

一個人的生活可以再度認識自己，與自己相處。
選一種咖啡，搭配典雅的咖啡杯，
在綴滿花朵的房間細細品嚐；
選一套餐具，盛裝精心烹調的食物，
在擺設優雅的氣氛裡饗宴；
選一本書靜靜地消磨，在一個悠閒的午後；
選一張碟子，讓音樂瀰漫在身旁，
在四周，停留在心裡。
一個人的自在是無盡揮灑的自由，

那種無拘無束，
像春天的圖案潑灑在畫紙上，
渲染開明亮的彩度，
像投影在照片上的人物，
笑容無邪燦爛地深刻，
緹雅享受這個自在，
在與自己相遇的時刻裡。
工作了這麼多年，
為家人換得的小屋，
大哥和母親相繼離去，
為父親養老準備，
緹雅很心安，
為自己的夢想一一實現喝采，
生活裡的獲得都是努力的點滴，
母親的教誨塑造緹雅認真，勤勞的特質，

在平淡中變幻不一樣的節奏，
緹雅的腳步不曾停歇，
築夢的心越來越明白，
她正以一步步堅決朝向追尋的城堡。

每次打開衣櫥，
依照色彩濃淡排列，
巧心的意念，
每一件傳達不同語言的服裝，
都會讓緹雅回想起小時侯，
母親為客人製作衣服的時光。
緹雅總站在旁邊，
看著母親將一塊平面的布裁剪成立體的衣服，
沉睡的花朵甦醒了，

開出絢麗的顏色，
母親將新衣掛起來，
絢爛的花朵彷彿要躍到眼前爭奇鬥艷，
搶先讓人欣賞。
這對緹雅來說太奇妙了，
母親就是布料的魔術師，
她的腦海裡閃爍著衣服的畫面，
她的心裝填了慧質幽蘭，
巧奪天工的手藝握著猶如魔杖的剪刀，
一塊塊沉睡的布讓魔法紛紛喚醒，
展現它們最得意的姿態，
將緹雅帶入了魔幻世界，
緹雅的幼小心靈充滿了神奇變幻的夢境，
引領著她朝向那觸手可及的境地，
探尋挖掘屬於自己的夢。

一個人的輕鬆都寫在臉上，

緹雅可將全部心力投入工作，

將能力發揮到極致；

一個人的愜意，在下班後可以盡情流連，

每一樣寄情的物品，讓緹雅的情緒得到抒發，

感情得以慰藉，壓力都可以獲得釋放。

辦公室裡切切嘈嘈，女孩們擠在一起：

——她抽屜打開都是指甲油，各種顏色都有耶。

——唇膏也是啊，什麼顏色滿抽屜都是！

——妳看她每天的裝扮，從衣服，皮包，鞋子到耳環，手鍊，樣樣都不缺，嘖

嘖。

業務主任插進來，高聲喊話，宣洩一直以來的不滿。

緹雅的才能深得董事長的重視，

容貌的出色和時尚的外型更是同事羨慕的對象，
緹雅並不希望惹人注目，
年紀輕輕就坐上業務經理的位置，
能力強，美麗又幸運，
是會引起辦公室裡的話題的。
所有人當中，
總是有一雙讚賞的眼神注視著，
無論緹雅時而年輕俏皮模樣，
或是馥麗華貴的套裝，
還是清新恬靜的淡雅，
在董事長的心裡都是當初面試第一眼的印象，
他始終相信這種感覺，
雖然緹雅年輕卻很有想法，
經營自己也顧及團體利益，
具備領袖氣質，

假以時日一定是個人才。
至於那些同事間的耳語，都是豔羨緹雅的優秀，
只是更明確了緹雅在自己心中的份量。
籃球男離開了一年後，
妹妹找到了歸宿，
父親經人介紹和一個伴侶交往，
緹雅已沒有牽掛，
肩上的擔子也算卸下了。
和董事長朝夕相處這段日子以來，
為他的聰明才智深深折服，
他的和善，耐性勸說溫暖了緹雅，
一個人自由的時侯，
孤單被包藏得很隱密，
容易忽略它的存在，
其實一直都在角落，在深處，

緹雅無需去面對，
更不可能體會。
董事長像暖陽，像春風，
撫慰了緹雅不容易察覺的傷處，
消融涵蓋住大部分的寂寞，
緹雅心裡微微地振動。
一直以來緹雅為這個家，為工作，
為別人付出最好的心意，
最大的代價，
如今她想為自己尋求一個心靈的安放處，
女兒滿月時頭上繫著粉紅的蝴蝶結，
在喜慶的婚禮喧鬧聲中靜靜沉睡，
安靜的神態讓緹雅很滿足，
喜悅全顯現在臉龐。

緹雅的生活邁入全新的篇章，
董事長的和善，
讓她為工作盡力盡心以外，
家裡所有的事，
包括緹雅個人的習慣喜好，
他並不干涉，
讓她完全自主決定。
從家裡的擺飾布置，設計裝修，
緹雅個人對服飾，物品的品質和品味的要求，
到董事長的衣著風格，緹雅都一手打理。
緹雅蘊含時尚的素養，
選擇適合董事長的個性，氣質，
結合工作性質和環境需要的服飾，
董事長清新明快，

又不失莊重威嚴的形象，
贏得公司主管，員工，
從上到下無不稱讚欣賞。
眼光準確，掌握潮流脈動的緹雅，
充分發揮了個人的喜好，
享受時尚賦予生活的樂趣，
變化董事長過去刻板，一成不變的衣著習性，
倆人相互輝映，
辦公室的色彩明亮了起來，
所有人的心情也隨著輕快了，
是緹雅的用心回報在適當的時刻。

時尚是生活的香水，
適度地噴灑，

令人心情愉快，情緒為之興奮，
身邊的人也感染到怡人清香，
是增添自信，表現自我的享受，
是重視品質和品味的享受，
更是一種將美好的感覺，
獨特的意念分享給別人的享受。
它所包含的已超越物質的意義，
帶給人精神層面的喜悅和滿足，
因為追逐時尚和享受時尚是不同的，
前者是被時尚控制，隨波逐流，
茫茫然跟從，失去自我意志。
而時尚導引一種概念，
可能是創新，
也可能是運用既有的現況再嘗試改變，
可以享受，可以捨棄，

主導權在自我，
是享受賦予生活的變化，
欲望適當程度的補償。
享受時尚是對人性的尊重，
欲望與貪婪並不對等，
時尚是一種刺激，
所帶來的欲望是嚮往想念，
是推進的動力，
這種盼望必須擁抱，應該被允許的；
而貪婪是無盡地獲得，
是一種佔有的滿足，
無法分辨珍惜的快樂和佔據的快感，
那就辜負了時尚的美意，
淪落物欲的陷阱，萬劫不復了。
緹雅將時尚融入生活，

讓家庭的氛圍優雅自然，
也蘊含格調和雅緻，
重新擁有家的感覺是一直以來的渴望，
緹雅用心營造安適整潔，寧靜祥和的家園，
想讓家人感到受尊寵被重視的感覺。
舒適的日子容易讓人無憂，
但身邊隱含的危機卻悄悄地侵蝕著平靜，
緹雅的輔助提昇了公司的成長，
正當享受成果時，朋友的關心提醒了緹雅。
當緹雅知道董事長身邊最親近的人並不是自己時，
全心維繫換得的家園，眼看就要被掠奪了。
她絕對想不到，
到外地出差的董事長和秘書，
竟然在時尚名店區雙雙現身，
緹雅冷靜和她面對，靜靜地辭退秘書，

那張年輕的臉露出一絲絲好勝，
緹雅並不在意。
緹雅並不在意她的介入，
可能是某個時刻，
董事長和緹雅心裡過不去，
而秘書的一句話，一個動作適時的補足了缺憾，
緹雅從不怪罪埋怨，
尤其是對最在乎的人，
她只是接受事實，
繼續走向前方的路，
因為她的心是安定的，
她就這麼告訴自己。

新婚的甜蜜在女兒尿布奶瓶忙碌中匆匆而過，

公司增添了緹雅的得力輔助，
業務推展大有收穫，
笑口常開的董事長積極參加很多社會團體，
想擴展人際關係，
為公司更上層樓而準備。
事業順利，年輕氣盛的他，
接觸的對象都是和他相似的公司負責人，
環境優渥，出手大方，
經常以牌會友，夜不歸營，
內心被蠢動的欲望占據，
煙酒不碰的生活習慣沾染了污點。
半夜三點大門開鎖聲響起，
疲憊的董事長無奈地蹙眉，
緹雅知道一定又在牌桌上失利了；
早晨出門時，

緹雅不忍心搖醒還在熟睡的他，
她獨自進公司處理事情，
直到下午三點那昔日勤奮的身影姍姍來遲，
才一瞬間下班時刻一到，
還來不及溫熱辦公間的冷清寂寞，
董事長又跨上了車揚長而去，
留給緹雅的又是漫漫長夜，
無盡的等待。

著了魔的心從此看不見朝陽，
看不見英姿勃發的幹勁，
看不見妻子翹首盼望的眼神，
更看不見緹雅午夜夢迴默默抹拭的淚痕。
董事長甚至和同好專程到賭場試試身手，

賭徒失心瘋地將所有曾經對事業的拚搏，
美好前景的奮戰不懈，
和與緹雅共同編織的琦麗，
所有一切的曾經都狠狠地打散，
孤注一擲拋到遙遠的天邊，
再也尋不回來了，
聲嘶力竭的哭喊也喚不醒被心魔佔據的靈魂了。
更無奈的是緹雅只能強忍淚水，強打起精神，
因為公司和孩子都需要她，
緹雅像個陀螺只能拚命地轉，絕不能停止，
好像一鬆懈就會崩潰，
一軟弱就會瓦解，
小女人渡過一層又一層的浪高，
何時才能抵達希望的彼岸？

緹雅將公司經營得有聲有色，
擴充了辦公室的規模，
慶賀喬遷之喜才剛落幕，
約簽兩年，
支付半年押金的辦公室即將關閉。
緹雅為公司的成長所付出的心血，
在昔日有為的董事長，
如今卻著了魔，
淪為賭徒的瘋狂行為下，
積欠了大筆債務，
讓所有一切付之一炬，化為烏有。
幾度赴賭場狂賭，
終於將座落山上，
有著大片落地窗，

眺望新店溪的景觀樓房，
緹雅蘊藏許多心思布置的家毀於一旦，
還賠上婆家的兩棟房子，
都不足以還清債務，
法院裁定公司負責人需定期出庭報到，
分期付款將債務償還給股東。

與買方簽定合約時，
緹雅深深嘆了一口氣，
回到即將過戶搬離的家，
站在入口處，
雕花古銅色烤漆的大門在豔陽中輝映沉穩的光采，
穿過門，
希臘女神的塑像透露典雅寧靜，

每當緹雅站在她的面前，
總想起母親平和溫柔的模樣，
像微風輕輕地撫慰著，
徬徨的孩子不再迷惘，
母親的溫暖會包覆傷口，
母親的祥和會浸潤孩子乾涸的心。
打開大門，穿過玄關，
緹雅再望望特別設計的衣帽鞋櫃，
每一雙精緻的鞋都令人憐惜，
彎曲的弧線造型，
緹雅的時尚涵養看待藝術品般珍藏；
挑高的客廳迎來大片的陽光，
義大利的燈飾，家具，餐廳的陳設，
精緻餐具襯托燭台鮮花，餐桌間伴隨歡笑聲，
每一件配飾，

每一個目光的焦點，
歷經長時間的醞釀，
緹雅心心念念，
這是一個有歡笑，有成長，
有付出，有報償的完整的家啊，
緹雅定定地望著，閉上雙眼，
揚起臉龐，不再回首。

走入臥室，
淡紫色調的空間，
從床的擺設，沙發靠，燈飾到寢具，
緹雅運用時尚經典元素入畫，
就像一張雅緻的水彩，
一幅低調華麗的油畫，

令人流連，陷入不已。
就像送給母親的第一件淡紫色的洋裝，
母親臉龐流露的光彩，
始終呼喚著，鼓舞著，包圍著她，
為自己所鍾愛的勇於追尋，
這分執著流露在深愛的家人身上，
在完美的家，
點點滴滴，無處不在。
特別定製的穿衣間裡，
緹雅為董事長挑選的服裝排列有秩，
等著男主人領先享用，
在適當的場合，
為他的領導才能增添說服力，
為他的自信勃勃增添親和力，
服飾的魅力無遠弗屆，

緹雅的藝術修養和時尚素養，
讓自我潛能發揮，
更成就了董事長的從容得體。

環顧這個家，
緹雅學習母親當年的堅持成全了家人，
成全了緹雅自小懷抱的夢想，
構築家園的夢終有自我實現的時候，
曾經努力過，堅守過，
凡經歷過必留下痕跡，
緹雅還是感謝。
感謝與董事長的曾經，
感謝上天賜予兩個可愛的孩子，
緹雅並沒有輸，

無論遭遇什麼，
母親的呼喚點亮了前方的燈火，
即使光明微弱，
那怕是些許溫熱都足以安慰。
緹雅回到了老家，
找了新工作，想接孩子來住，
婆家堅持提出分居條件的緹雅不能撫養孩子，
兩個孩子都必須歸屬父親。
對緹雅來說失去一切都比不上骨肉分離，
只能以拚命工作麻痹自己，
所有的掙扎都是為了爭取孩子撫養權，
望著母親慈愛的遺容，
緹雅的腦海一遍遍地縈繞溫暖的話語，
這一刻她的心裡充滿堅定，
似乎已經有了確定的答案，

在不久的未來。

緹雅將點點滴滴的收藏：衣服，飾品，佩件，生活用品全部一一檢視，
值得珍藏的，細細包裝帶回老家；
空間容不下的，
緹雅願意割愛，分送給同事，朋友。
收穫緹雅贈予物品的人都非常驚喜，
因為緹雅注重生活品質，
從衣服飾物，居家用品，擺設裝飾，
緹雅用心在每一個細節，
鉅細靡遺，從不疏漏。
緹雅喜歡用心在欣賞的事物上，
培養自己的審美觀，
對美學的感受，對時尚的選擇，

對品味的要求，對風格的掌握。
這些訓練和認知，
對緹雅來說是磨練，是享受，是寄托更是慰藉，
可感動緊張的神經，改變呆板的心性，
讓藝術色彩軟化僵硬的心靈。
這些變化是日積月累，
長期持續的心靈改造工作，
讓心靈更唯美，心緒更純淨，心性更堅定，心思更清明。

看到收穫禮物的女孩們，
從心底綻放幸福的花朵，
也許她們並沒有寬裕的預算，
購買高品質的物品，
但欣喜優美的事物是基本權利，

每個女孩都是自己的主人，是自己的女王，
都應該被尊重，被鼓舞追尋，
擁有改變自己生活品質的能力，
得到夢想的皇冠。

緹雅看到了女孩們的快樂，
享受了分享的喜悅，
這是緹雅在一片昏暗中最高尚的滋潤，
潤滑了那似有若無的傷口，
令緹雅心底湧現豐富的激昂，
即使是些許的激勵，都是安慰。
緹雅聽著音樂，一邊整理衣物，
將衣服依色彩深淺，季節變化排列，
老家的收納空間有限，

只能陳列平日適合辦公室的衣飾，
其他衣飾只能一件件摺疊收藏，
緹雅特別準備了許多整理箱，
衣服，飾物，佩件，生活用品都分門別類放置。
緹雅珍惜自己的心意，
尊重物資的來源不易，
緹雅回想起小時候，
全家分享一桶冰淇淋，一盒巧克力，一個日本富士大蘋果，
五個孩子過年輪流穿新衣，
孩子臉上流露歡欣的滿足，
這對富貴人家來說不算什麼，
可是卻讓緹雅平凡的童年深藏彌足珍貴的回憶。
每次回想起這段，
緹雅總是溼了眼角，
那是感恩的回憶，

更是回饋的泉源，
緹雅感受了些許的幸運，
總可以感覺很久很久的幸福，
可以支持她走很長遠的路，
可以踩踏過不同的歷程，
可以接受成長的洗禮。

工作之餘是緹雅享受時尚的休閒時光，
此時的緹雅是自己的主人，
完全依照心意自由飛舞，
作自己王國裡的女王，
雖然山上的樓房已去，
公司也不復見，
滄海桑田，物換星移，

但是悠然曼妙的心卻依然如舊。
緹雅心中始終懷抱夢想，
因著與董事長結為家人，
他尊重緹雅的意念，
讓她享受決定一切，
從居家陳設到衣著配飾，
盡情發揮自我才能，
從不干涉阻止。
每想到此，
她還是感受了他的心意，
也在經濟環境許可下，
緹雅滿足了時尚的愛慕與悸動，
幫助了緹雅編織綺麗的美夢，

若不是這份支持的心意，
緹雅難免綁手綁腳，不自在，
想來董事長已給了她最好的，也是最珍貴的禮物
——那就是自由。

這些日子，緹雅一個人靜靜地想了很多，
所有身邊圍繞的物品，都蘊含了辛勤與感受，
再甜膩的話語都不足以歌頌辛勤的片刻和感受的真實，
這才體會，
原來衣物所代表的意涵已遠在物質之上，
而是恆久的感情記憶，感動和溫存。

緹雅整理衣物送人，
將這份愛慕渲染開來，
讓身邊的人擁抱時尚的喜悅，

不禁又讓思緒掉入無節制購衣，
淪為物質奴隸的時尚名媛的新聞。
在外是經常參加時尚秀，時尚派對的時尚名媛，
永遠光彩奪目，氣質出眾的媒體寵兒，
被鄰居發現家裡是滿山滿谷的垃圾，坐擁衣物成山的時尚名媛。
原來是一棟郊區的房子，委託仲介整理出售，
不慎流出的新聞，才令人大吃一驚，
她的光鮮亮麗是虛有其表，
真實的生活只是個愛慕虛榮的時尚拜金女。
追逐時尚成癮，
成為時尚的俘虜，時尚圈的困獸，
被時尚捆綁的奴隸罷了，
如她能節制欲望，
瞭解佔有欲只是享受表淺短暫的快樂，
而不是珍惜每一件衣物的設計美意，變化心情，

往更高的境地提昇，
那就是擁抱一場虛幻，貶低時尚的情趣了。

緹雅也不斷提醒自己，
無論是幼時的一件新衣服，
還是如今的完成心願，
她都不會放棄自己的夢想，
放逐自主的靈魂，
更不可能放任自己，
墜入無止盡的欲望深淵，
那樣就不是最初的緹雅，
那個母親衷心念想的緹雅了。

緹雅聽著音樂，
一邊整理衣物，
電視正播著新聞，
那是一個海外傑出華人的專題報導，
突然聽到人文的名字，
接著看到出現在畫面上的，
是那張略帶滄桑卻精神奕奕的臉孔，
這是緹雅再也熟悉不過的一張臉龐。
人文與緹雅最後相見的夜晚，
靜默裡迴盪著風浪的聲音，
再多的話語已是多餘。
緹雅每想起那個夜晚，
人文臨別前還想再看看她，
這對緹雅來說已經足夠，沒有任何遺憾。
新聞影片中報導了他在醫學研究上的成果，

對人類病學所作出的貢獻，
溫和自信的語態一如往昔，
人文的執著認真，堅定志向，
如今實現理想，
為自己締造了不凡的榮景。

妻子是他身旁強力的後盾，
她的明快幹練，
將職業婦女和賢內助兩種角色扮演的恰如其分。
看著人文一家和樂，
人文優秀，妻子賢慧，孩子聰明可愛，
緹雅為人文作出了正確的選擇而喜悅，
這個令人激賞的好消息，
是仍在陰霾裡，

還不能撥開雲霧的緹雅最無上的滿足。

妹妹認為緹雅為婚姻付出一切，
卻得到這樣的回報，
對董事長的所作所為無法接受，
緹雅的犧牲並不值得，
希望她和董事長離婚，
將孩子讓給夫家，
去追尋自己的人生。
緹雅的心所刻下的傷痕，
已被思念慢慢地撫平，
骨肉離散比任何的傷還難以愈合。
當年那個出身富裕，
嬌生慣養的千金之軀，
嫁給一個平凡的年輕人，

過著普通人的生活，
養育了三個孩子，
年輕人微薄的收入維持五口之家，
千金小姐甘之如飴，並無怨言。
直到年輕人因病撒手人寰，
身無一技之長的千金，
不得不將三個幼齡孩子交由孤兒院收養，
改嫁他人尋求另一種人生。

緹雅望向前方的道路，
正處在當年親生母親的位置，
如今的緹雅擁有選擇的權利，
擁有生存的優勢，
可以照顧自己，撫育孩子；

而出身嬌貴的母親卻沒有選擇的餘地，
只能割離孩子，
內心所有的不忍，
不捨都必須放下。
割捨親身骨肉的痛，
緹雅如今正在體驗，
那是一個母親內心最深層，
最難以訴說，
永遠也無法釋出的苦。
緹雅的眼眶含著薄薄的淚水，
她突然很想念未曾謀面，
完全沒有印象的母親，
她能完全瞭解母親的心，
當時放開緹雅的手，
緹雅的手在空中飛舞，

小小顫抖的身子只能在院長的懷裡微弱的哭泣，
母親飛奔離去的身影，
渺小得再也看不見，
這一生再也不會相見。
緹雅憐憫母親的無能，
更心疼母親的無奈，
也為自己鼓舞慶幸，
能生長於自主獨立的時代，
她已經清楚前方的路該如何走下去。

分居三年，
緹雅沒有一天停止思念過孩子，
當初公司面臨倒閉，兒子才滿周歲，
緹雅四處籌款借錢，

無論是商場上的伙伴，社會團體裡的朋友，或是私交，同學，好友，
只要能借的人，想的到的對象，
緹雅都會不辭辛苦，
不論多遠，抱著沉甸甸的兒子到處奔波，
只要能挽救公司，緹雅付出了所有的心血，
看著它日漸興盛的成績，緹雅不忍心毀於一旦。
孩子明亮的雙眼像極了緹雅，
眼裡閃爍童稚的天真，看著緹雅，
他不懂父親作了些什麼，
才讓母親辛勤地償還巨大的代價，
母親總是輕拍著他，讓他躲在溫暖的臂彎，
好像外面的混亂紛擾都可以讓母親擔當，他從不需要害怕。
就像有一次，緹雅的朋友來看望問候，
緹雅三歲的女兒在客廳沙發上，椅墊翻起所搭築的城堡中，
那稚嫩的臉正酣睡著；

又領朋友入房，
指著衣櫃旁角落的紙箱說，
有的時候女兒也會睡在裡面。
孩子雖小，不知道大人世界的複雜爭執，
但父親放棄自己，沉淪不起，
緹雅一再隱忍，委屈求全，
堅韌的緹雅，
每當夜深人靜，獨自回想，
空氣中淡淡的愁緒總會嬝繞不散，
在孩子空白的童年裡，
久久揮之不去。
董事長懇求緹雅再給他一次機會，
一定讓緹雅看到從前那個有理想，有抱負，
令緹雅心悅折服的董事長，
看著兩個稚齡的孩子，

和當初母親將緹雅放下時相同的年幼，
無論董事長是如何浪擲寶貴的時光，
犯下多麼不可饒恕的過錯，
只要緹雅還能站穩腳跟，
她絕不可能讓孩子步上和自己一樣被拋下的命運。
她要給孩子完整的家，
有父親，母親，有手足，
就像從小養育緹雅成長的家庭，
有溫暖，保護，有心靈的安放處，
更有夢想的起飛，回憶的泉源。
緹雅睡前躺在床上翻著雜誌，
想起曾看過的一本小說，當時很感動，
如今正是她心情的寫照。
——男主和女主是一起長大的戀人，
在雙方感情含苞待放時，

男主想到外面的世界看看，
希望女主一起同行，
一輩子待在鄉下沒有前途。
男主是個心地善良，有理想的人，
和相愛的人相守是女主嚮往的未來，
她瞭解他的志向，
絕不僅是入贅女主家，
作女婿幫忙務農而已。

他是個有擔當，想有一番作為的人，
這也是她欣賞他的原因，
如果強留下他在身邊，
他這一生就這麼平平淡淡，
抹煞了一個有為的青年。

就算男主甘心留在她身邊，
以她的胸襟絕對會讓他自由飛翔，
去到他想去的地方，
那才是真的愛他——。
緹雅想到這個學生時看的故事，
放下雜誌，
從整理箱裡找出了這本書，
書套包裹的封面依然完整，
當時感受的悸動一直留在心裡，
任時空變遷，
如今讀來感覺更貼近心靈最深處，
正道出她此刻的心情。
——在和男主道別後，
家裡作主讓女主和一個單身男子結婚，
無任何背景的孤兒，

願意入贅投靠女方，
尋找到一個安身立命的地方，是一個幸運，
卻是女主命運不幸的開始。
這個外表和善，無依無靠的青年矇騙了女主一家，
他既不幫忙農事，還喝酒賭博，
賭輸了，不顧女主規勸藉酒裝瘋，對女主一頓毒打。
女主坦然面對這種安排，
背著孩子，獨自到田間作農事，
豔陽曬得她汗水淋漓，遮住了雙眼，
她知道自己只能流下汗水，沒有流淚的權利。

緹雅看到這裡，深吸了一口氣，靜靜看下去。
轉眼間三個孩子也大了，
各上國中，高中的孩子都遺傳了母親的勤奮，

成績優秀以外，課餘還幫忙母親下田，
分擔母親的辛勞，
讓母親心裡安慰，
是重要的精神依靠。
村子裡熱哄哄地，
像是有人返鄉了，
街坊鄰居紛紛探頭，
女主正對窗張望，
那張再熟悉不過，
曾在夢裡相見幾回的臉孔，
如今就站在家門口，
兩人靜靜凝望著。
許久未見，
大兒子已唸高三的女主風霜多染，
看在意氣風發，事業有成的男主眼裡，

依然一如往昔，
只是更多的憐惜和心疼。
仍是單身的男主希望女主離開賭徒，
停止不幸的生活，
他願意照顧女主和孩子，
重新尋找幸福。
女主只是看著那雙充滿懇求，略帶滄桑的眼睛，
心中充滿感動，
她平靜的拒絕了男主。
她離開了心裡永恆存在的人影身邊，
回到了那個孩子的原生家庭，
繼續守護著這個家，
這是她此生的道路，也是她餘生的責任——。
緹雅對照自己的境遇，
人文希望緹雅與他相守，

緹雅無法與他共結連理，
卻不佔為己有，不牽絆著他，
只是衷心祝福。
人文能有今天的成就，
是妻子輔佐，照料的功勞，
一切安排自有道理，走過的路無法重來，
也許當時選擇了人文，也無法造就他傑出的表現。
緹雅還是感謝人文，感謝人文的妻子，
人文走過失落，
在異鄉成就自己，追尋自己的幸福，
緹雅與有榮焉，
也為人文感受深深的幸福。
緹雅當時年輕，
覺得女主犧牲自己的幸福，
成全孩子有一個完整的家，

這樣的選擇很不容易也很傻，
如果是自己，
一定會帶著孩子投靠男主角，
才能得到真正的幸福。
如今自己正是和書中女主相同的境地，
緹雅自主獨立，
有充分的經濟能力，可以再追求新的生活；
但仍然願意給孩子一個完整的家，
絕不希望孩子失去母親，
步入自己幼時的處境，
這份珍視家庭的心情，
若不是以自己的感情歸屬，心靈的安放處而作的決定，
那又是為了什麼呢？

——每次我問你為什麼那麼愛我？
你害羞地答不出來，
總是說我喜歡妳的純真無邪。
其實我知道答案，
因為我是你今生唯一，
我是你今生的新娘。
我竟然發現先生的人格特質——無求，無欲，無私，
平淡中的不凡，
不似他的父親，
竟似我的父親。
有人說女兒是父親前世的情人，
女人能遇見近似父親人格特質的男人，
是多麼神奇又溫暖的安排，
而竟真實地體現在我的婚姻裡。
上天將他許給我，

安排在今生相遇，自有美意，
我珍惜並感恩，
如此純善的男人，增添我生命的瑰麗和風采，
那種喜悅似滿溢而出的噴泉，
洶湧於心間汩汩流洩，
流淌滋潤我心田，
豐富完整我的人生——。

緹雅喜歡在睡前看書，
這本書裡的一段，緹雅覺得很有意境，
經歷過婚姻的人讀來感受特別深刻，
董事長雖然不如文章裡的先生如此完美，
但他的和善，良好的待人態度，
當初深深吸引著緹雅，
願意為家庭，為工作付出所有的智慧和才能。

緹雅與董事長分居期間，在工作上的表現越來越出色，
因接觸的早，可說是此行業的先驅，
對這個領域的知識，運作非常熟悉，
瞭若指掌的專業才能，讓她備受公司和業界信任。
這三年緹雅準備充足的工作實力，和業界的良好關係，
立刻找到股東投資成立公司，
由她負責開發客戶，簽定合約，
嫻熟與客戶老闆的條約內容，
協調老闆與員工之間互惠共生，
以及員工的各種問題，
包括工作上，甚至是生活，家庭，或感情上的疑問，
緹雅就像是大家長般，贏得老闆和員工的信任，
久而久之，彼此成了無話不談的朋友了。
緹雅總是有這份耐性，一種堅持的毅力，

不厭其煩地耐心說明，勸導身邊的人，
就好像是個不會失去熱力的，會一直堅守，捍衛自我本質的人。
不輕易放棄，不容易沮喪的性格，
年輕時的緹雅認為所經歷的事，
所遇到的人都是很自然的安排，
與其浪費時間埋怨，不如順其自然接受，
正面迎向，想辦法解決，
平靜下來，心自然會明白方向。
可能是從小母親的教育：一切要靠自己，只有自己最可貴，
想到母親的話，年紀越長的緹雅彷彿有了力量，內心充滿了信心，
一路走來接受很多的善意，溫情的用心，
滿載的溫熱都是互相激盪的美意，
緹雅從來不敢忘懷，珍藏謹記於心，
希望能回報給彼此受用，
才不辜負這一趟清清楚楚的路程，明明白白的人生。

如今只需要緹雅點個頭，
答應董事長的懇求，
上天是否會再許她一個良善的人？
再許一個美好的婚姻？
緹雅將自己準備好了嗎？
——作者以人性角度書寫男性，
尤其是對賭徒有別於一般書中，
喪盡天良，壞事作盡的描寫，
這本書中的賭徒是有人性有感情的，
但仍表現了自私的人性面。
將一個早知不相配的女孩打搗毀滅，
以為如此可牢牢捉住她，讓她永遠留在身邊。
真正的愛是為對方設想，互相提昇成長，
而自身難保的賭徒是無法成人之美的。
女孩單純善良涉世未深，但有堅強的意志，

藉著親情愛情的力量掙脫於泥淖不堪，實現了理想，
成為一個幫助相同經歷的女孩，
重新找到生命方向的心理輔導員，
在實踐自我的過程，也印證真正的價值，
不致枉走這一段意外人生——。
緹雅總是回想著，留存在記憶中的故事，
故事反應人生，
真實發生在生活裡，這才體會出人生的真諦。
賭徒傾倒了家庭，事業，將全部打毀，
也許是上天的旨意，是緹雅的使命，
一切都是自然的安排，
緹雅願意面對這種安排，
接受這種考驗，
緹雅願意允諾承擔，
重新再造一個天堂。

緹雅決定再給董事長一個機會，
再給孩子一個完整的家，
再給自己一個挑戰的機會，
一直以來緹雅總是為別人想，
為別人盡最大的心意，
為所愛的人犧牲奉獻，
從未想過自身。
如今緹雅已不是從前年幼的孩子，
需要父親，母親，家庭給予她什麼，
緹雅已長成一個能追尋夢想，掌握夢想，實現夢想的人。
為家人再造一個天堂是使命，
更是責無旁貸的義務，
如今緹雅已從起跑點出發，步履堅定，

董事長的公司才剛開始，
她是整個家的依靠。
對她來說，是董事長帶領她踏入這個行業，
她將會繼續獨立運作，
以期對兩位股東負責。
董事長的新公司也是個新興行業，
早先接觸是幸運的，
沒有競爭，一枝獨秀，可以趁早占有市場；
挑戰是需要培養開拓市場的生力軍，
搶攻客戶，拿下市場大餅。
董事長又回復早晨進公司坐鎮，
那個生氣勃勃，員工愛戴的領導者，
那個緹雅激賞的聰明，實在的董事長，
她真的相信自己的決定，
就如同當年相信的決定一樣。

緹雅真的相信自己的判斷，
也深深相信董事長的潛力正待發揮，
因為個性溫和，
不擅拒絕別人的邀約，
從唸書聽從家裡安排，
考上第一志願，畢業，退伍，
家裡為他挑選行業，開了公司，
一直以來都很順遂，
表現得從不令人失望。
他優秀的資質和經營生意的頭腦，
得到充分的證明和肯定，
因著一切太順利，
他也一直很專注，從不分心，

不知道外面花花世界，
所結識的各形各色的人裡，難免有誘惑。
生意場上人心浮動，
這些正規生活之外的煽動，擾亂心志的誘因，
都足以考驗定力，
這些偏離軌道的，不屬於常態的，糜爛心志的餘興活動，
對一個習慣正常生活的人來說，
也許淺淺一試就足以淹沒，
整個人，家庭，事業，體無完膚，萬劫不復，
再回頭也許已晚，
能有幾回幸運能讓人浪擲虛渡呢？
如果緹雅願意再給董事長一個機會，拉他一把，
讓他再次證明自己，
可以放下前嫌，從跌倒中重新站起來，
他依然是緹雅心中真正的強者，

是孩子心中的好父親，
是這個家最有力的支撐，
更是緹雅夢想王國裡的國王。
董事長的新公司新作為，令人耳目一新，
像早晨初昇的太陽，
綻放的光明熱情，足以溫暖每一個人，
公司業務精進成長，
公司上下，都被董事長的認真增進業績的效率而折服感佩。
董事長的積極活力，
帶動每一個部門，每一個員工，
像齒輪般一個牽動一個，
息息相關，互相緊密聯繫，
將整個工作氣氛揚升到頂峯，
人人心向公司，
效法有作為，有領導才幹的董事長。

緹雅朝思暮想，心存盼望的董事長又活過來了，
緹雅羨慕那篇文章裡的女人，
對婚姻的憧憬嚮往，被幸福壟罩，
那種喜悅似滿溢而出的噴泉，
洶湧於心間泊泊流洩，
流淌滋潤我心田，豐富完整我的人生，
那般幸福的女人，
緹雅已許久未曾體會的喜悅，
也不敢奢望降臨在自己身上的幸運，終於復甦了。
沉睡的獅子甦醒了，
董事長的承諾讓緹雅看到了，
他依然是那個聰明，智慧，領導有方的領袖人才。
每一季的公司營業額，遠遠超越之前的公司營業額，
淨收入遠遠超越緹雅的公司淨收入，遠遠超越緹雅的盼望，
緹雅心裡滿是感動的情緒，

感謝上天重新接納了迷途羔羊，
為他指引方向，
緹雅從不放棄希望，
始終會得到回報。
董事長和緹雅兩人肩並肩，各在自己的領域裡奮力拼搏，
為曾付出昂貴代價，
幾番午夜夢迴錐心的疼痛，
不容易換取的平靜生活而齊心奮鬥。
緹雅為董事長而喜悅，
他證明了自己的價值，
跌得深，反彈的力道也猛，
要為過去這段空白歲月，重新添加光輝，
公司經營的穩穩當當，
說明了他是個提得起的人，
一時的偏差脫軌，

只要給予機會，
他的資質和決心，絕對可以異地重生，
為自己的歷程添加一筆不凡的光景。
緹雅讚賞自己願意給董事長機會，
如果就這麼放棄了一個可以期待他回頭，再創傳奇的人才，
而令他自暴自棄，無法作為，
茫茫然不知何處是歸途，何時才能重見光明；
如同一葉小船行在遼濶大海看不清方向，
緹雅願意如燈塔挺立前方，
在風雨搖撼中，在雲霧飄緲間，
永恆地指引，
給一個迷茫的人一些安定，
給一個迷失的人一些安慰，
給一個迷亂的人一些安撫，
因為是緹雅，她願意這麼做。

董事長一如往日，早晨駕車上班，
車剛停好，
從褲子口袋裡取遙控器鎖車門，手指不靈活，
平日一個簡單的動作竟如此吃力，驚覺有異，
立刻坐計程車直奔醫院。
經醫師急救，
原來連日加班出差，
董事長患有高血壓，按時服藥外，
還得注意休息，不得勞累。
緹雅掛心董事長的病情，
希望公司營運上軌道，同時更要關心健康，
慶幸症狀輕微，早期警覺就醫，
因年紀輕恢復期快，

只要一段時間耐心的復健，
回復正常的生活不是難事。
住院期間，
緹雅每天下班趕到醫院看望，詢問復健的情形，
看著緹雅憂心的神情，董事長安撫著，
心裡清楚體力超出負荷的原因。
本以為按時服藥就可以控制，
沒想到連日出差，公私兩忙，還是引發輕微腦出血；
住院一週後，董事長恢復情形良好，
出院後，緹雅注重他的營養和睡眠，
還需去醫院復健報到，
確實完全恢復正常為止。
緹雅希望他為自己，為家人多珍惜自己的健康，
董事長並沒有想到一時疏忽，釀成災禍，
他和緹雅之間的和諧在事業順利，家庭生活和樂之際，

又悄悄地埋下了禍根，
正在醞釀著山雨欲來的風暴。

緹雅的公司持續成長，營業額激增，
每到月底需要預備龐大的資金發放薪水，
月初客戶老闆的支付報酬才會兌現，
這筆需要先墊上支付薪水的資金，
困擾了緹雅很長的一段時間。
這是緹雅獨立負責公司，所必須面臨解決的事項，
每當焦頭爛額時，
緹雅總是想到以往，都是董事長在處理這些問題，
他從來不會將情緒流露出來，讓緹雅擔心。
也許是無法解決棘手的問題，暫時的逃避吧，
才會尋求賭博時一擲千金的快感，

那種瞬間的刺激，
也許會令人忘記痛苦，拋開壓力。
緹雅培養了許多的休閒興趣，
聽音樂，看書，運動，翻閱時尚雜誌，上街瀏覽櫥窗，買時尚衣飾犒賞自己；
可是董事長從小就在父母親的管教下，
只是唸書，成績要求名列前茅，
其他的興趣彷彿都不重要，都是多餘，
只是浪費時間的活動，
一切都以讀書為主。
這樣以升學主義為主的家庭成長的人，
都沒有獨立思考的能力，
一但出了社會，
如果在商場上接觸的人多，誘因多，
非常容易把持不住，失去原則，
無法判斷對錯，輕易地跌入陷阱，

身敗名裂，萬劫不復。

這樣想來，緹雅突然能體會董事長的難處，
也很同情他的孤單貧乏，
其實他也沒有要好的朋友，
以前只有公司員工，後來是賭場的賭友，
現在又恢復了公司的員工，
除了公司，家人，
再也沒有其他說話的對象了。
緹雅公司很忙，
經常下班回家已是十一點，
只見他一個人在電腦前玩遊戲，
緹雅會催促他早點休息，不要太勞累了，
他只是笑笑，再玩一會兒遊戲，就倒頭睡下。

這時緹雅洗完澡，會在床上看一些喜歡的書或雜誌，
這是辛苦工作一天後，最舒適的放鬆，
無論是讀一篇知性的文章，心靈得以安寧，
還是吸收時尚流行訊息，
都是讓內心自在的養分，
緹雅喜歡這樣的安排生活，
不會在緊繃的忙碌工作以外，盡是貧乏空洞的人生，
那就辜負了生活的意義，不過是工作賺錢的機器罷了。
可是董事長卻不懂培養自己的休閒興趣，
其實他是個煙酒不沾，不交際應酬，性情溫和，喜歡居家的好男人，
只是除了工作以外，其他的時間都是面對電腦，
一成不變的千篇一律，
難怪一點點的誘因，都會輕易擄獲他單純的性格，侵蝕他空白的內心。

董事長的公司經營得非常出色，
及早佔有市場，搶攻下大多數的客戶，
奠定了他在這個領域的地位。
遠自國外請來的師資和教學品質都深獲肯定，
受到大多數學生的歡迎；
以往學生必須經過考試，
收到入學通知後，
遠渡重洋，赴國外獨立生活，
同時負擔課業和適應生活的壓力。
現今攻讀學位，不需放下家庭，
一邊工作一邊進修，
董事長的眼光精準，領先同業的優勢，
先見之明的判斷為自己締造了傳奇的新頁。
他的資產和聲譽與日俱增，重新印證了自我價值，
洗刷了賭徒的惡名，拋開了晦暗的陰影。

緹雅在克服一次次的困難後，終於申請到銀行貸款，
解除了每逢月底逼迫的壓力，
在享受自己的工作成果中，
同時分享了董事長重新昇起為東方朝陽的光芒，
只要空閒假期，全家出國旅行，闔家享受天倫之樂。
如果孩子沒有同行，公婆會北上照顧兒孫，
緹雅和妹妹結伴旅遊，歐洲各國遍布她們的足跡，
緹雅銳利的眼光，敏銳的感知，
時尚的氣息活躍了大腦，
浪漫優雅的氛圍讓身心靈全面舒張，
所有世間的美好盡在身旁，
若非這般神奇，
緹雅怎能相信是夢與現實，
天上與人間，何處是界線呢？

在董事長宴請員工春酒的聚會裡，
緹雅和股東之一的總經理和夫人比肩而坐，
在董事長起身離開的空檔，
主管財務的夫人面有難色的告訴緹雅，一個意外的情況。
最近幾個月公司營運良好，
可是帳目上有幾筆數目對不上，
帳目短少是從不曾發生的事，
如果另有用途，那應該實報實銷，
可是好幾筆錢應該在帳目上的，卻不見報帳，除非是挪作他用。
夫人一向管理財務透明，細心負責，
又是合夥人，不可能監守自盜，
也不可能欺瞞董事長，
股東間誠信相待，公司才能長久經營。
從不過問董事長公司業務的緹雅，內心有許多猜測，

但是除了董事長，總經理和不管事的另一位股東，
誰有資格從公司帳目裡取走公款呢？
緹雅的心裡有些揪扯，
那個早已被新生的皮膚封蓋得密實的傷處，
被重生的喜悅充滿沛然的心，
被痛改前非，被洗心革面，被大徹大悟，
被所有足以形容董事長，
從沉淪中抽拔的浪子，
重新展現領導人，好父親，好丈夫，好兒子的男人，
如今又滿佈著什麼樣的迷惑呢？

緹雅的懷疑還是得到了證實，
每天下班就按時回家的董事長，
坐在電腦前玩的遊戲就是麻將，

那是他工作之餘唯一的休閒娛樂，也是精神寄託。
緹雅並不責備他，
他本不好動，喜歡宅在家裡的人，
玩益智遊戲訓練頭腦，只要不沉迷，和任何嗜好是一樣的。
緹雅喜歡流行時尚的事物，衣帽間裡盡是收藏，
但是有約束自我的能力，
董事長從不擔心緹雅敗家敗金，家裡堆得滿山滿谷，不見天日。
但是她怕的是董事長玩心重，
公事上一板一眼，
心裡像個還沒長大的孩子，要人哄要人捧要人寵，
這是實際生活裡的一家之主——董事長的真實性格。
公事上能力強，私底下只是在電腦前和人鬥智比運氣，
是無法滿足董事長的野心的，
他終究還是受不住誘惑的邀約，上了麻將桌。
和真人鬥智比運氣，廝殺了兩天兩夜，

那次的早晨送醫急診，
就是出差順帶上了牌桌，公事私事兩頭燒，
消耗體力，不堪負荷，才引發中風。
緹雅這才解開迷惑，
挪用公款，帳目缺口之謎，
就是董事長的致命傷，
就是緹雅心頭必須再次承受的壓迫，
再也拋不開的包袱了，
緹雅已經準備和挑戰對抗了。

緹雅將自己公司盈餘的資金，來補董事長公司虧空的帳，
這個新公司新氣象，為董事長的生涯再造一里程碑，
他對這個新興行業運籌帷幄，經營得朝氣澎勃，欣欣向榮，
後起之秀紛紛效法，

想在董事長一家獨霸的市場上，
擠一己之地，瓜分市場大餅。
董事長獨攬的業務被削價競爭分食了，客戶學生減少了，
年年增長的營業額漸漸凋零萎縮，
只能靠著取得代理的幾所名校，吸引爭取到少數的學生。
收入銳減，只剩下以往的三分之一，
公司的開銷支出並未減少，
董事長從過去的再創傳奇，如今光芒退盡，
不再是聚光燈下的焦點，
不再是受人愛戴的領導人，
更不是業界追捧的寵兒，
內心需要被肯定，被尊重的董事長瞬間失去了舞台，失去了依靠，
一顆無以為繼的心，聊以安慰的就只是賭了。
他不再兢兢業業，將全部心力智慧，投入在一手開拓的事業上了，
像個鬥敗的獅子，

每天渾渾噩噩進公司，昏暗迷濛中進家門，
曾經長成強壯的大人，
因一時失意從雲端跌落地獄，
再也無法振作奮起，
只能退回襁褓中的幼兒，嗷嗷待哺，讓人憐惜。

緹雅除了忙自己公司的事，
所有能為這個家做的，
還是持續的，不斷的為這個還沒有長大，貪玩的，迷路的孩子，
填補帳目的破洞，
填補墜落的深淵，
填補永遠也填補不滿，無休無止無盡頭的黑暗。
終於董事長累了，
在剛滿五十歲的生日過後，

因連日疲憊引起感冒，
夜晚呼吸不順就醫，經轉送醫院住院觀察，
隔日心肌梗塞，第二度中風。
所有能作的，只是按時服血壓藥的董事長，
將自己寶貴的生命交付魔鬼，
讓惡魔佔有控制了自己的命運，
緹雅心中那個聰明，反應快，充滿智慧，才幹，衝勁的董事長，
現正倒臥在死神的手裡。
緹雅在開刀房外，懇求菩薩的保佑，
只要能換回董事長的生命，她一定會做得更多更好，
再沒有任何困頓比得上失去他：
為他去補帳目的破洞；
勸說他按倷住玩心，將心思熱情放在工作上；
偶而娛樂玩牌休閒放鬆，不要熬夜豪賭傷身……，
再也沒有比換回董事長的生命，還更令緹雅難捱的苦闗，

只要上天能聽到她的懇求，
讓董事長回到她身邊，
陪他去復健，餵他吃飯，穿衣，
她都毫無怨言，她都願意做到。

上天憐憫緹雅，讓她看到一線生機，
昏迷一個月的董事長在葉克膜的搶救下恢復意識，
無法言語的他只是默默依賴著緹雅，
緹雅讀出了他懺悔的眼神。
其實她從未責備過他，
因為他並沒有經歷過困苦，
一直順遂地在父母和妻子的照顧下生活，
所有的災厄都替他擋了，
還有誰能比他更幸運呢？

緹雅撫著董事長的頭，就像小時候母親撫摸她的溫柔，
輕輕握住董事長的手，緹雅和平日一樣微笑著，
董事長眨眨眼睛，那是無聲的感謝吧。
這一個月緹雅以醫院為家，
就睡在加護病房外的會客室沙發上，
如果董事長有任何狀況，她就能陪在身旁，
她希望每當董事長醒來，可以看到彼此，
這是緹雅現在唯一能為他做的。
睡眠狀況不好，
每天睡眼迷濛地趕到公司，
處理完事情，立刻回醫院，
擔心董事長復元的情況，
所有的事務，沉重的擔子壓在她的心上，
沒有任何人可以依靠，
這一切都不曾改變她希望換得他的生命的決心。

董事長的心臟已無法再正常運作，
現在就等待一個心臟，
進行換心手術，延續生命。

換心手術十分成功，第二天董事長甦醒了，
接連幾天復元情況良好，
醫生為董事長旺盛的生命力而驚喜，
恢復情形進展超出預期之下，
轉往普通病房的董事長的朋友，員工和學生，
紛紛帶著鮮花和禮物看望，恭賀聲不絕於耳。
重生的喜悅正圍繞著病人，
即將為董事長辦出院手續的緹雅，
卻想不到突如其來的意外，抗排斥的藥引發感染敗血症，
董事長經緊急救治，還是無法改變命運，

從死神的手裡奪回生命，搶救無效，
董事長還是離開了緹雅，得年五十歲。
董事長的後半生和緹雅緊緊連繫，
因為他的智慧，領著緹雅走入這個行業，讓緹雅的潛能得以發揮；
因為他的失足，讓緹雅深入此行業，佔有一席之地；
因為他的醒悟，讓緹雅看到希望的光亮仍然延燒；
也因為他的再度墜落，讓緹雅的意志更加堅定強大。
更因為他在與命運抗衡時，讓緹雅知道自己和董事長是生命共同體，
這一生絕不只是因為他是孩子的父親，如此單純的關係而已，
董事長走了，
留下的只有他的溫和話語，和對緹雅最寬廣的自由，
緹雅永遠懷念他。

董事長的公司由總經理接任，

緹雅在他的辦公室，整理收拾留下的物品，
坐在董事長的座位裡，閉上雙眼，腦海中一幕幕畫面浮現，
就像近在眼前，昨日才發生似的。
董事長身著緹雅精心搭配的服飾，
淺藍色的上衣襯著紫色的領帶，再外搭背心，
他心滿意足地親吻了緹雅的臉頰：
——謝謝我的好老婆。
他總是會聽從緹雅的安排，信任她，尊重她，
無論是公司裡的方向政策，
人事上的指揮決定，
還是食衣住行瑣碎的事務，緹雅都會提供意見，
以自已經營公司的經驗，和對生活的體驗，
將早已知道的答案不吝分享，
而不是強行干預，專制決斷。
董事長總能體會緹雅的心意，尊崇她的善意。

緹雅張開眼睛，
將桌上的兩人合照和董事長的職稱名牌放入背包，
懷抱著所有美好的回憶，嗅覺那熟悉的氣息，
再望一望辦公室，那張座椅裡埋首公事的人影，輕輕帶上門。
——他走了，我只記得他的好。
淡淡的話語，悄悄地飄散在空中，停留在人們的心裡，
那麼清淡潔白，那麼不惹塵埃，
就那麼無聲無息落在心裡最安靜的角落。

董事長離開後，家中偌大的空間裡都是珍貴的回憶，
每晚睡前，緹雅會看一些心靈修練的書，
安撫心裡接受這突如其來的安排。
每晚入睡後，董事長會出現在夢境裡，
影像和對話和從前一模一樣，如真似幻，

往昔說話的語調，神情的變化，如假似真，
緹雅相信她和董事長之間是有牽絆的。
只是他的突然離去，沒能留下隻字片語，
緹雅只有持續地調整心理，因為公司和兩個孩子還需要她，
公司穩定，這個家才有未來，
她也相信董事長在天上會很安然，
不要再為人世煩惱，
人世的愁苦隨著董事長的離開消融散去，
留給家人，朋友，員工的盡是美善完好的記憶，緹雅始終相信。
緹雅安靜地渡過了一年，在這一年裡她學著釋放情緒，
不斷地閱讀，鎮定憂傷，
有時堅強會覆蓋憂鬱，但疼痛會滲血而出，
不時地刺痛堅強，堅強也需要疼惜；
往往緹雅總是那個扮演堅強的角色，
兒女還小，需要她的堅強守護，

緹雅總是不能輸，不能軟弱傾倒，
因為一切要靠自己，只有自己最可貴，
母親和董事長都在天上看著她，她不能輸。

緹雅在洗澡時，偶然碰觸到大腿上方內側，摸到一個瘤狀的物體，
不以為意地將瘤戳破，擦拭掉血水，並沒有放在心上。
過了兩個星期，
無意間碰到相同的部位，竟又長了兩個瘤體，
緹雅覺得不對勁，立刻到醫院檢查，
在切片報告的等待期間，切片處又悄悄的長了六顆瘤體。
緹雅感覺事情進展可能往不好的方向，
她只能翻閱和病症相關的書籍，靜候檢查結果。
當醫生宣布她的病況時，和緹雅當事者同等意外，
因為緹雅是這大型醫院的第一個病例，

全台灣也只有幾例，
甚至全世界也不出幾人，
而且緹雅並沒有家族史。
這種罕見疾病的出現，顛覆了家族腎衰竭的遺傳，
而緹雅本身又有地中海貧血的疾病，
上天選中了她，淬鍊成就她的與眾不同，
對緹雅來說是一趟奇特的歷程。
在董事長走後的這一年，緹雅對任何事情的發生都不抗拒，
認為是冥冥中的注定，
這場罕病的試鍊，
緹雅有些詫異卻不驚慌，
覺得戲謔卻也安然接受，
她也只是顯露無聲的笑容，
繼續玩味這豐富的人生。

身為大型醫院罕病首例的緹雅，
在群醫齊心協力下，將病灶切除得十分徹底，
手術非常成功，花費的人力物資，讓緹雅深感幸運。
當時搶救董事長得宜，讓緹雅與他共渡了最寶貴的時光；
如今是她的病況，即刻開刀根除，定期回診追蹤，
緹雅一直以來遵循心中的想法，
凡事相信，盼望，感謝，
那些紛亂的雜念只會遮蔽單純清明的心，
現在沒有任何事比得上放鬆心情，卸除壓力還重要。
為了健康，為了孩子的未來，
在董事長離開三週年，緹雅生病屆滿兩年，公司成立二十五週年的此時，
緹雅作了一個決定：
今年即將自大學設計科系畢業，學習韓語多年的女兒，
將親自赴韓國挑選進貨，從線上直接訂貨，準備從事服飾行業。

緹雅將公司業務交給資深助理全權處理，
和女兒攜手共創事業第二春，
緹雅如願以償成立時尚工作室，
將家裡一間房間闢為展覽室，陳列進貨的衣飾，
客人可隨意挑選，緹雅非常樂意在旁協助搭配，提供時尚流行訊息，
緹雅豐富完整的素養和知識，受到高度的肯定和讚賞，
緹雅的親切耐性，在三十年的職場生涯裡，融入為個人的性格特質，
緹雅就是努力完成夢想的時尚達人，
自信，從容，美麗的時尚代言人，
她是一個勇敢追夢，享受生活的女人，
更是一個珍愛自我，作自己生命主人的時尚女王。

國家圖書館出版品預行編目

時尚女王 / 陳零著. -- 臺北市 : MIA, 2020.11
面； 公分
ISBN 978-957-43-8187-6(平裝)

863.57 109015956

時尚女王

作　　者／陳零
出版策劃／MIA
製作銷售／秀威資訊科技股份有限公司
114 台北市內湖區瑞光路76巷69號2樓
電話：+886-2-2796-3638
傳真：+886-2-2796-1377
網路訂購／秀威書店：https://store.showwe.tw
博客來網路書店：http://www.books.com.tw
三民網路書店：http://www.m.sanmin.com.tw
金石堂網路書店：http://www.kingstone.com.tw
讀冊生活：http://www.taaze.tw

出版日期／2020年11月
定　　價／280元